O AMOR EMBEBEDOU AS FERAS

PRISCILA MERIZZIO

KOTTER
EDITORIAL

coordenação editorial
Sálvio Nienkötter
editor-adjunto
Raul K. Souza
capa
Paula Villa Nova
editoração
Maria Luiza de Carvalho Rodrigues
revisão
Jope Leão Lobo
produção
Cristiane Nienkötter

Dados Internacionais de Catalogação na Publicação (CIP)
Angélica Ilacqua CRB-8/7057

Merizzio, Priscila
O amor embebedou as feras | Priscila Merizzio.
Curitiba: Kotter Editorial, 2019.
86 p.

ISBN 978-65-80103-36-2

1. Poesia brasileira I. Título

CDD B869.1

19-1061

KOTTER EDITORIAL

Kotter Editorial
Rua das Cerejeiras, 194
82700-510 | Curitiba/PR
+55 41 3585-5161
www.kotter.com.br | contato@kotter.com.br

1ª Edição
2019

O AMOR EMBEBEDOU AS FERAS

PRISCILA MERIZZIO

"Com o travesti nocturno da evasão brincamos
facilmente aos pássaros bíblicos."

Luiza Neto Jorge

O amor embebedou as feras
elas esmagaram ossos pensando que isso é puro

Love has gotten the beasts drunk
they crushed bones thinking this is pure

Silencie. Não torne lassas as palavras
Não as torne num emaranhado de teias:
cedo ou tarde elas o grudarão no Coliseu dos cabotinos
aprume seu cálice
prepare dentes, língua, fígado.
receba do veneno diário que
com seu livre-arbítrio escolheu
para sucedâneo das veias
desse corpo-fábrica
d'uma existência
que é nada

Um abismo me pertence
ele é meu gato preto
em suas crateras, crescem florzinhas
elas miam e ronronam sob o afago de minhas mãos

Estou oculta nos mistérios
talvez deve haver algo de especial nas mulheres
que se produzem como atrizes de cinema para, no fim, não darem
[em nada
cujos sexos são mesmo vitórias-régias
impenetráveis

Não é meu ventre rasgado por garras
que limpará os demônios do seu sangue
não é o estampido de meu peito aberto
que o livrará dos escombros
e esta magia negra contra mim lançada
faz vistas aos anjos de Deus enquanto
você se dilacera, sozinho, insistente:
um monstro condenado à própria companhia

Quero um homem
com poder de homem
que se eleve, tornando-se grande:
a própria sombra caminhando de mãos dadas com o sol
se ele me atravessa como uma vidraça
recolha os pedaços e repouse os dedos sobre meu apêndice
tire os vidrilhos com sua língua mansa

ele não se anuncia, não se propaga
não come da mesa dos escarnecedores
surge com seu poder de homem de verdade
com seu poder de fábula
de delírio
me redime das dores
e fazemos amor
até o fim de nossas vidas

Perambulei pelas florestas enquanto você me desamparava
— fúcsia crueldade

o mel não deve perseguir abelhas: que isso fique
claro dentro de mim
é a língua do tigre que vai ao encontro da pata
é a língua da tigresa que limpa a cria recém-nascida
que limpa a própria vulva

O silêncio do céu entra pela janela do quarto
se for para usar desculpa esfarrapada, é melhor que
use a adaga, para dilacerar este pedaço de terra
que um dia alguém chamou de lar
limpar cada canto da casa com afinco
esperando por reformas na aorta
esperando por um fogo batismal
eu sei das mentiras que me contam
enquanto mordo esta nêspera maliciosa
os gestos de revólver atrás do buquê de flores

Gosto de pensar que sou um tigre
me engano
oscilo entre o rugido, a melancolia
e prevaleço no desejo descabido de existir
de resistir até a idade avançada
imagino-me caminhando sobre lápides
arqueada, canhestra, velha
"brutal", ou outro sentimento atroz surge
não conheço o adjetivo correto
penso em marvuroso: desespero alado, o mar
avassalador com entranhas de matrix
ser a última sobrevivente é prurido
a morte é suja; não a esqueço
nossos corpos se decompõem velozes
mas fora daqui sou outra mulher, distinta
desta figura tétrica, abraçada a mortalhas

tiro e me retiro de labirintos
fulgurante

O professor de italiano a projetou musa
você recusou. Pois, as musas são xícaras
bonitas que perdem a utilidade com o tempo
em vez da língua dos amantes, fugiu sobre as águas
sua mãe morreu nas águas. Ela deu pedras
aos pássaros. Pesos mortos, colocou-os nos bolsos
e mergulhou batendo as barbatanasas

Junie, você só quer ser marítima
os homens que a amam sentem ciúme de suas tragédias
de sua auréola triste
as dores dão o aval de toda grande poeta

as panteras que escrevem são mais raras que os anjos

A luz da candeia bruxuleava no outro cômodo
era um sinal. Como dos pássaros chilreando a canção do coito
ou o médico que leva a aura da morte nos sobrolhos
ela adentrou confiando no fogo
suas chinelas de angorá faziam ranger o assoalho
o coração batia quase hipotenso
o cunhado a agarrou pelos braços
e a violou na penteadeira
ébria, era como se estivesse numa câmara fotográfica
o jovem aluno com quem tivera um caso
passava por sua mente de filme em filme
seu perfume de amarena, as mãos de efebo
ela mentia que fugiriam juntos

nunca havia pedido favor algum para a irmã

Blanche Dubois passou da hora de ter aprendido:
a bondade de estranhos é uma ferida viva de barganha

No próximo ano, Rhett Butler irá voltar
a mansão ainda estará coberta de tapetes, cortinas
e tecidos vermelhos. Os criados terão se entrevado
e suas peles serão pálidas
no lugar do belo jardim, um pântano de gárgulas
os vitrais sujos dos cocôs dos pombos
ele encontrará uma Scarlett com trajes de enfermeira
de quando ela cuidou dos soldados vindos da guerra
a encontrará alimentando-se parcamente
de membros amputados: ela jurou
não passar fome outra vez

Sou um cão em busca de guarida
lambendo o alimento na palma de sua mão
fui filhote e já atravesso a rua sozinho
fui frágil e ainda sou. Intentam me estilhaçar
tenho menos valia que um animal peludo
cadavérico, com o diabo no sangue
porém, outro homem me ama
me deixem amá-lo de volta
nas ruas de Filadélfia
antes que eu morra

A mão do homem bélico
perverte os animais
conjectura os obuses do dia a dia
sanha e afia a navalha
pondo em dúvida o caminho do amor
há também mãos que são limpas
elas tiram os relógios de pólvora
lavam as veias com água pura
seus pulsos estão sempre à mostra
se espalmam ao sol
em concha, recebem a lua
estão em busca da verdade
do halo impecável das abelhas
estas mãos desfazem silêncios
acordam do sono os que despenharam em vida
trançam em suas traqueias uma nova linguagem:
a linguagem da esperança.

estas mãos são herança de Deus
elas perfilam o minúsculo coração das aves,
seus pulmões cantando o verso que salva.

Quero destituir o medo
esqueço que ele é uma farinha
ladeando as artérias
borrando os olhos, criando
sombras e pontos cegos
está na água que bebo
no chilrear das aves de domingo
está intrínseco em tudo
exceto nas florestas
o medo tem medo das florestas
pois nas copas das árvores
está a mão de Deus

Não consegui me erguer de tudo
ou me desprender das atmosferas turvas
a constatação das cidades soberbas e os problemas
irresolúveis ultrapassam o exasperar
sinto-os nas brotoejas do corpo
nas ranhuras da pele e, também, todas as luzes, sons
todos os diálogos nos olhos de carabina
encolho-me por dias, sem entrega: só diminuo
levanto-me, então, e engrandeço, dilatada
uma arraia alérgica a tudo o que não é o afeto
os cadeados dos amantes são solitários: aprisionam
seus nomes nas pontes. Eles partem, desvinculam-se
morrem. Os cadeados permanecem
às vezes me ponho em lágrimas por acontecimentos levianos
destrincha-me a ideia de fazê-la triste
rezo para que seja minha câmera interna
criando um cinema montado
procuro por sinais de apatia
corro, você vem: está acesa
por uns segundos me habita a paz
nas imagens: você pateando: um sol brilhante
irradiando, irradiando
Pérola

Somos uma torrente de sangue destruindo cidades
escrevemos enquanto esta gente é traficada,
temos à mão a luz do sol, e achamos que isso é pouco
depredamos todo o tipo de vida
quem nos deu esse direito?
não somos escritores, não somos poetas
fazemos parte do time das gárgulas
hora a hora nosso canto é ouvido pelos corvos:
que empáfia! Achamos que é por nós
se as frutas pudessem, fugiriam de nossos dentes
e as cidades só abraçariam objetos, animais e plantas
mas o homem acha que é por ele que o espaço silencia
e vê tudo como um mistério a ser decifrado
na hora da fome pendura amuletos e dança, dança
tal qual uma galinha sem cabeça, à espera da própria sangria

Aquele amor que chega de fininho como uma manada de elefantes procurando abrigo no deserto

Largue os remos e perca-se
pela manhã, desperte no quintal que fez
de sua praia: lúcido, com a escova de dentes na mão

Como é feito de doçuras
este mar lânguido, à flor da pele
lambendo atávico meu par de sandálias
cambaleando na proa

Meus gestos são preâmbulos do que está por vir:
uma tropa de cavalos selvagens, alvoroçada, puxando o arado
enquanto galopa no crânio de quem maliciosamente apeia

Isto não são lágrimas — é o oceano perdendo-se no naufrágio

Claraboias são poéticas e doloridas
pois conduzem a quartos alugados decadentes
entretanto, também quero ser seduzida
inscrita na pedra, na flor, na vara de marmelo

A dissolução instaura-se naturalmente
a mão que se ergue, num gesto peremptório
a porta rangendo: um último toque do trinco
tem-se agora as pernas, leves, no gare

Põe-me de bruços na calçada
e diz no meu ouvido a história
dos seus mortos, enquanto nos assombramos
nas horas que desgastam nosso fogo
com a ruína certeira dos corpos

Pela manhã a cidade me invade
com seu aroma de café e chicote ferroviário
no hay figos, hay figas, y cucarachas
nas tábuas de pão

Não engula este doce português
dentro dele há estricnina. as espumas
sairão de sua boca de beira de praia
você convulsionará: poeta

Na nudez das florestas
desabotoo meus emaranhados
e adormeço sob a gadeia
da figueira mais expressiva

Fui espicaçada
inutilmente atirada nas cidades dos sonhos
onde jacarés povoam a lua-de-mel dos parvos

Devolvi-lhe os livros com a malícia
d'um cavalo de troia. Você os folheou
perdendo um pouco da pele do rosto a cada letra

Tem overdose de epifanias da porta para fora
pego as buganvílias pela mão e lembro-me
do que é tocável. Oh! Que minha intensidade
seja perdoada — e absolvida, neste
tribunal de boleros, cerceado de açoites

Isto aqui deveria ser um santuário criado
pelas centopeias, só que a mão ordinária
do homem se esvai nas frivolidades
travestidas das coisas ditas
imprescindíveis

Sou a velha da floresta
com o dedo encarquilhado, em riste
professo as verdades que ninguém quer
ver nem ouvir

O quanto abdiquei para estar
em meio a vermes que se julgam reis

Deleito-me no segredo: a procissão da
exposição são chibatas na cara

estou sempre à caça de poemas
que me desossam

Doía muito seu coração perto de dormir. Coçou na altura do seio esquerdo até criar ferida

Nas montanhas de seu peito, sua clavícula me ama num romantismo alemão

Lentamente fui te deixando nas beiras, nos bares. Teu ar agressivo, de enfado, tornou porosa a pouca disposição que me restou de te amar

De todas as artes, escrever é a única silenciosa, discreta, que pede licença antes de dilacerar sua cara, de deixar roxos seus muros

Tinha uma língua exata, curativa como agulha de acupuntura.
Assertiva como alfinete de vodu

O jacarandá abriga-se onde as verdades, inócuas,
são candeias contra as nébulas tremendo nas entranhas

No meio da película, o pai foi tolhido
Por isso, expeli versos que arrulham como carpideiras

A liberdade tem gosto de alumínio oxidado
Peço pouso às abelhas da ferrovia

Sou incapaz de ser estrela onde me dão rifle

Proíbo-o de flechar os cervos do bosque. As maçãs apodrecendo na terra de outono são a parte que te toca. Sente o gosto telúrico de fungos?

É preciso impavidez para atravessar o vale dos rancorosos

Para você construí um Taj Mahal

mas o Helder ensinou-me sobre paisagens, por isso, afasto-me das
[elegias
para contemplar à distância seus despojos

seu halo, no entanto, cintila
o feixe preenche o sobretudo que você usava
na época em que pilotava aviões

e já era Anjo

Vivo num *bunker*
no lugar da caixa de correios
há um tanque de guerra
dirigido por pássaros

EMBRIAGUEZ DE PERFUME: ISSO É PURO

(patchwork)

Tributo de amor a poetas e versículos bíblicos.

A mulher, quando está para dar à luz,
sente tristeza, porque é chegada a sua hora
engole um tenso terço de mãos,
sob um teto escuro de edícula sem estrela
depois de ter dado à luz a criança
já não se lembra da aflição, pelo prazer de haver nascido
um homem no mundo
tudo vive nela, tudo se entranha
ela ama como a estrada começa
quer só andar nua debaixo do vestido
respirando debaixo das saias, pois de sua intimidade saiu outra
[vida
e a bexiga próxima do útero já não faz mais sentido
o estômago ardente já não faz mais sentido
só seu coração de mendiga comido pela lepra materna

A carne redonda e perfumada do teu coração
enfrenta um minúsculo regato de silêncio
a garra bêbada do átrio esquerdo tudo quer da vida,
tudo quer da fome!
não prestes satisfação de tuas loucuras
só abra a porta para estranhos
enfie as 400g de teu coração na bolsa antes de girá-las na esquina
ofereça o ventríloquo direito àqueles homens de terno
e o contraia

Deus possuiu meus rins e me cobriu no ventre de minha mãe
os meus ossos não foram a Ele encobertos, quando no oculto fui
feita, e entretecida nas profundezas da terra
Ele me deu o sangue e o maná e disse-me que era bom
quando eu morrer, voltarei para buscar
os instantes que não vivi junto do mar
onde o poema é de sangue: vermelho e espesso
grito de pássaro atravessando a noite
pássaro feito de veias, criaturinha feroz encarnada de bicos e
[coágulos
um pássaro em sangria absoluta, tingindo as cabeças dos sortudos
arma que se mete para dentro e transborda no sono que vem
[dos céus
quem morre, morre, tão fulgurante nas mãos e na testa
que ali não há mais noite,
nem a necessidade de lâmpada nem de luz do sol,
os outros ferem nossos corações de moqueca de camarão
nossos corações de cartilagem e Moçambique

Você, que me tem feito ver muitos males e angústias,
me dará ainda a vida e me tirará dos abismos da terra
há palavras escuras, guardadas dentro de outras arcas
roxura é ânsia, roxo imundo na fissura da rocha,
na fissura da boca
o mar suga essa fenda, essa garganta,
é preciso o revólver de um só tiro na boca
é preciso o amor de repente de graça
o estrídulo o roxo o palavrão o dedo do meio
os poetas imaginam sempre suas próprias rosas
nunca fui senão uma coisa híbrida
aquela que não lhe pertence por mais que você queira
a rocha lírica de engasgo na sua moleira
a videira radioativa

No fogão não há fogo
gestos dóceis afastam as cadeiras
tais mãos poderiam recolocar
a criança não nascida no canal do parto
tais mãos poderiam comportar uma violência
para a fera cujos olhos cravam meu espírito
assusta e faz do vagido dessa criança sons de floresta adentro
que algum jazigo, belo e incomum,
suas portas abram para você
oh, pequena que não nasceu!
pois esta não é sua cova, a você não pertence um buraco de terra
mas uma nova casa, bem melhor do que um útero
dos mortos sai um som atroz, um uivo lancinante
uivo de lágrimas que dá de beber aos cães selvagens
dois vultos encaminham-se hoje
para a clareira
o tempo faz e desfaz a vida
e o instante em que seu choro vem vou esperar

ELAS ESMAGARAM OSSOS
PENSANDO QUE ISSO
É PURO

O deleite de suas tardes chuvosas escutando músicas clássicas, envolvida com os poemas de Hilda Hilst, foi retesado quando ele, num gesto de autoconsagração de autoridade, passou a vigiar suas leituras, exigindo a ela o retorno da oralidade dos tempos medievais. Tal qual um arcebispo sádico, verdugo, ele passou a lanhar suas pernas com fio elétrico toda vez que interpretava teor impróprio saindo da boca da imunda. Por se tratar de um homem incipiente, considerava tudo sexual, pejorativo, mundano. Ela nunca mais pôde usar saias: as coxas flamejadas de cicatrizes-lâmpadas.

Ela me diz, ela me diz: *menos sombras, mais sol*. Porém, meu subconsciente tricota ciladas mal-ajambradas. Noite passada, eu voltei a caminhar em cemitérios por onde flutuam, na outra dimensão, espíritos em hospitais. Senti um peso nas costas. A senhora meiga e desconhecida que andava de mãos dadas comigo me dizia que Juliette estava grudada nos meus ombros. Pedi a ela que me deixasse em paz. *Me deixa em paz, Juliette, eu te amo, mas, me deixa*. O filho mais novo vai ao seu túmulo e come as begônias todas. Algum estranho põe elas lá. Ele as come para a vida que nasce do mármore se enraizar pelo seu sistema digestivo: um caule cresce no esôfago e nasce na copa do céu da boca, dos dentes-pétalas, o sorriso-begônia. *Foca na luz, foca no sol*, ela me diz. Deixei o porta-joias aberto na varanda. Logo que as nuvens cobriram o dia fechei a tampa. Meus colares, anéis e brincos agora brilham. Não quero, não quero a cegueira caleidoscópica do reflexo das pedrinhas quando eu me olhar no espelho. Tem uma luz que não cega como a escuridão?

Ocupavam-se em demasia enrolando fios de *nylon* na ponta dos dedos — simulavam torniquetes. As frutas no centro da mesa de ardósia atraíam insetos. Divertiam-se com pouco. Esquecidos de si, do que os trazia, perpetuamente imberbes, às horas derradeiras. Na ventarola do lavabo, desperdiçado, escorria o líquido amniótico. Estavam alheios àquele momento, entremeados entre perdigotos e ribaltas coquetes: fechar os olhos e adormecer é embarcar em um esquife que desliza pelas águas noturnas do Rio Amazonas.

Deram-me um baseado enrolado com muito afeto e serviram-me vodca no maior copo de plástico. Carlos pôs um gomo de poncã e mexeu a bebida com um galho de árvore. O busto do marechal piscou para a cadela no cio que revirava os lixos: seu sangue pingava na calçada, que absorvia os filetes como os nanquins de Schiele.

Persiste um quadro na lembrança dos guarda-chuvas enormes, amontoados como morcegos sobre a cova recém cavada. A ideia de germinação, a certeza de que cresceria quem sabe um chorão em que eu pudesse me recostar para ler e sentir saudade. No colégio, os rapazes dormiam sobre as carteiras durante as aulas e seus pescoços perfeitos, cheios de belezas e veias cálidas, convocavam minha faceta da vampira com dentes de leite.

Eu queria ser a floresta varrida pela primeira tempestade do verão. Os troncos envergados e firmes. Eu queria ser os raios afugentando os cavalos ao abrigo dos invisíveis. A força macabra do tigre caçando solitário. A virgindade dos anjos medíocres. A corda de piano Si menor enforcando a passageira no salão do navio. *Liberdade dos mares: direito que têm os navios de todas as nações de navegarem livremente por todos os mares.* O equilíbrio que habita a toca das feras. Os passos do vampiro no pântano. O câncer nos pulmões do chinês — existir é o cão desenganado esperando o tiro de misericórdia. Os hormônios impulsionando os púberes ao fogo crepitante de abraçar o mundo. O óleo de Salomão ungindo escarros. A saliva cáustica da salamandra corroendo insetos de Pandora. O vômito da serpente despejando a vaca triturada.

Mas a mão cotidiana do homem definha-me quando quero ser alimento do tigre. Fumo um cigarro apagado e tateio meu ovário esquerdo escondido atrás do intestino. Paraíso fiscal das pílulas anticoncepcionais. A mancha peluda na perna da idosa queima de tesão e desgosto quando o rapaz chupa sorvete nas escadinhas do prédio. Chupa pelos pubianos brancos e selvagens. O labirinto tira a dama enlouquecida para dançar. Giro da agulha do revólver no ouvido. Manobras de crianças nos corredores do silêncio. Viaduto à espera do suicida. Mendigo dormindo seguro na gaveta do necrotério. Paróquia ornamentada com flores frescas para o velório da manhã e do casamento à noite.

Eu vou abrir o guarda-chuva contra a chuva de meteoros. Retirar meu nome do bócio dos sapos. Incitar volúpia no voo das galinhas, fazê-las rodopiar como mães-de-santo sem cabeça. Pendurar espelhos por toda a casa. Chorar no ombro das cerejeiras, lamber o látex que escorre de seus grelos. Oferecer mel e rãs assadas aos deuses das megalópoles. Escovar algas-marinhas e esparramar poemas na faixa de pedestres. Eu serei a corajosa mão do idoso manipulando a ampulheta.

A câmera endoscópica é a longa raiz da gérbera adentrando o estômago. Vísceras análogas aos lábios vaginais: róseos, úmidos, brilhantes. Jardins gástricos. Carmen Miranda no dulcíssimo sono atemporal do benzodiazepínico. O anjo devora um buquê de *H. pylori* e enterra-se na beleza da flor-morcego. Lugares que meus tecidos arruinados não tateiam. Dor que começa e finda em si. Lânguida fera estendendo-se à primavera, espreguiçando juntas, nervos e músculos na clareira. Surrealismo posto em altar: água benta, água benta nos sonhos ultrapassando os limites da pele. Corpo rasgando-se ao contrário, transmutação macabra de placentas. Crânios de Hamlet afugentando os búfalos mal-assombrados da memória. Pó de arroz, chá de canela e licor às madames de joelhos macios. A velha do porão tricota casacos aos polvos. Nenhuma cama de necrotério esfria a cólera dos corpos levianos que se deleitaram de tanta, tanta vida. Todos os dias valem a pena.

As mensagens vão e vêm, descompassadas. Os pássaros derrubam cartas na copa das árvores — algumas se entrelaçam nos galhos, e criam uma nova seiva nativa, com gosto de mel e efeito vermífugo. Não fui talhada ao frenesi social: é escassa minha coleção de máscaras. Abano-me com leques pintados à mão e assisto às pessoas com seus braços de macieira, correndo, alheias, sobre suas certidões de nascimento, pisando sobre os rostos das enfermeiras. As mãos e as cabeças das pessoas são enormes maçãs recitando um alfabeto indecifrável.

No quarto principal há uma claraboia. A decoração dá ao cômodo um ar de gaiola. Fico a maior parte do tempo aqui. As unhas dos pés crescem e entram na carne com violência. Têm cicatrizes nos cantos dos dedos e, na barriga, onde deveria haver a marca de uma cesariana feita às pressas, a gordura sobrepõe o Delta de Vênus, protegendo a vagina das mãos vistosas do lenhador. Há algo de mágico nos homens que gostam de mulheres gordas e de útero desabitado. Há frêmito sagrado nos lenhadores que se apaixonam pelos troncos.

Penso das florestas como um Livro de Veias que bombeia a inteligência do Mundo. O medo da morte cresce como cabelos nas montanhas rochosas. Tudo o que se compartilha são farelos de sol aos andarilhos, e os andarilhos são as pessoas, cálidas estrangeiras em uma Terra que nunca lhes pertenceu. Vagueando, no eco dos abismos, como animais que perderam os instintos.

Escrevo agora com a furibunda melancolia de Herberto Helder. Meu querido sempre me impediu de ir embora. Sei que ele quis me fragilizar me enclausurando naquele lugar, em que era hábito o intercâmbio de codeína, coceirinhas nos órgãos genitais e urinas escancaradamente aliviadas na piscina coletiva. Implorei para que eu fosse à fazenda arar a terra ao invés de ficar sob a vigilância dos rapazinhos de jaleco branco — nada sabem. *Serei útil na fazenda do alagado,* eu dizia. *Tomarei todos os remédios que o médico indicar, acordarei antes do sol nascer e passarei o dia trabalhando arduamente*. Quando ele estava quase convencido, eu metia os pés pelas mãos, histriônica. Era sempre o mesmo jogo. Meu crânio estava prestes a desmantelar junto com o de Sabina Spielrein. Ele nunca compreendeu meu fascínio pelo mulherio ruim da cabeça. Logo após nossa cerimônia de casamento o bolo branco de muitos andares com mais de quarenta quilos foi devorado. Então eu soube: teria de carregar esse peso extravagante enquanto estivéssemos juntos. Teria de suportar sua família fingindo que gostava de mim nos enfadonhos almoços dominicais. Ele teria de me carregar também — adorava especialmente quando eu ficava selvática e transava atabalhoadamente com os dedões de seus pés.

Decidi sair do corpo pela própria barriga, como se um corte no bucho fosse maior que a própria existência. Como se, através desse corte, pudessem sair oliveiras. Me arremedei com a loucura dos confrades da clínica, em um exercício de osmose e compaixão desatinada. Meu perfeito marido se sentia embevecido por me ver trancafiada. Gostava de ser a única fonte de nutrição das regalias às quais sempre fui acostumada no desjejum. Me levava edredons macios, cheirosos e pulôveres passados no vapor quente. De cônjuge passou à figura da Grande Mãe. Conduzida por sua dança óbvia, comecei a me comportar de maneira pueril, infantiloide. Descobri todos os cômodos do imenso palacete de quatro andares em que a clínica reverberava, a rotina dos enfermeiros, nutricionistas, dos funcionários da limpeza, do administrativo, dos psiquiatras. Como renegava as visitas íntimas alegando estar com baixa libido em virtude da medicação (que eu não tomava, fingia engolir e depois cuspia no vaso), pude deixar que meus pelos pubianos crescessem vigorosamente. Passaram várias semanas e eles não paravam de crescer: surgiam à vontade dos poros, jorrando vertiginosamente como água das fontes italianas. No começo os embolava na calcinha e só podia usar saias, para não pensarem que eu estava fingindo protuberância pélvica masculina. À medida que foram crescendo era mais fácil de enrolá-los por meu corpo e disfarçar meu jardinete pubiano. Em uma madrugada, perto do amanhecer, burlando todo o sistema de proteção interna aos pacientes, me camuflei detrás dos carrinhos com as louças do desjejum e invadi a sala do diretor geral. Ela ficava no terceiro andar e tinha uma feérica vista para o lago, o vale, a floresta de *pinus* e as montanhas rochosas. Contemplei o dia clareando com o mesmo sentimento de Louis de Pointe du Lac assistindo ao seu último alvorecer, antes de se transformar em vampiro. Depois, me dependurei no parapeito da varanda e, dançando ao som de uma música imaginária, rebolei como uma das quengas de Jorge Amado. Larguei meu cipó de pentelhos para baixo. Senti um puxão e incentivei que quem lá estivesse pudesse subir. Magnânima foi minha surpresa ao perceber chegando até mim Norma Desmond. *Norminha, Norminha, você veio!* Uma mão acarinhou minha face e adormeci. Estava nos braços de um dos rapazotes residentes. Enviada àquele lugar quando me cortaram os pés; lá, tive que aprender a uivar com a mente em taças de gardênias.

A seção *patchwork* homenageia poetas mortos e vivos e mortos-vivos. Obrigada, Al Berto, Edgar Allan Poe, Georg Trakl, Herberto Helder, Hilda Hilst, Mário Cesariny, Sophia de Mello Breyner Andresen, Sylvia Plath.
Também agradeço a *escamandro — poesia | tradução | crítica* e seu belíssimo trabalho.

A POESIA MAIS RARA QUE AS PANTERAS E OS ANJOS

Leitor: este livro é um labirinto.

Todo labirinto apresenta enigmas a serem decifrados, armadilhas a serem evitadas, rotas falsas que podem fazer o peregrino perder-se em sua jornada. Um labirinto é espaço para a confusão, a desorientação, mas trilhá-lo até o fim e atingir o seu centro representa conquistar a sabedoria. Labirintos são jogos mentais: não basta a inteligência para compreender os seus sinais, é necessário o máximo da percepção subjetiva do peregrino para que ele prossiga até o final do percurso. Labirintos são representações geométricas do homem e do mundo e podem ser construídos em pedra, madeira e até mesmo assumir a forma de labirintos vegetais, em jardins planejados conforme misteriosa arquitetura. Há livros que também são labirintos: livros que o leitor deve percorrer escolhendo um trajeto possível entre incontáveis outros trajetos concebíveis, correndo sempre o risco de perder-se, sem contar com o fio de Ariadne para orientar-se em sua caminhada. O livro de Priscila Merizzio é um labirinto, e como tal é espaço de jogo, fascínio, iniciação, beleza e perigo. O leitor não deve iniciar a sua perambulação pensando em um trajeto linear, unicursivo, como os antigos labirintos construídos pelas civilizações agrárias, em forma de espiral, que previam uma só rota. Estamos aqui trilhando numa construção multicursiva, onde cada leitor-peregrino poderá fazer a sua escolha no campo indefinido das possibilidades e virtualidades do texto que se apresenta a nossos olhos como uma construção de arquitetura plurívoca. No final da leitura, talvez o caminhante descubra que não havia um centro a ser alcançado, pois ele estava em toda parte e em lugar algum. Tudo o que existe é o percurso, a viagem e o encantamento dos sentidos. O livro tem início com um dístico, no estilo enigmático das pitonisas e dos fragmentos dos filósofos pré-socráticos: "O amor embebedou as feras / elas esmagaram ossos pensando que isto é puro". Nesta breve composição, aparecem algumas das chaves para a decifração do jogo poético proposto pela autora: o "desregramento razoável dos sentidos" de Rimbaud, o poeta do barco bêbado, a busca da pureza de expressão e o risco inevitável da dor. A sombra do poeta simbolista francês aparece em diversas composições deste livro, como a silhueta do estranho primo que escondemos no sótão, para que ele não assuste as visitas na sala com os seus três braços. Assim, percorremos as galerias do labirinto e encontramos um "ventre rasgado por garras" e um "monstro condenado à própria companhia", "gestos de revólver atrás do buquê de flores" e um "homem bélico que perverte animais". Porém, a dicção da autora, múltipla, não se resume a essas – e outras – imagens expressivas, que recordam, por vezes, o reflexo distorcido de alguém numa sala de espelhos, num parque de diversões. A dimensão do humor está presente, embora na forma do humor negro: "No próximo ano Rhett Butler irá voltar / a mansão ainda estará coberta de tapetes, cortinas / e tecidos vermelhos. Os criados terão se entrevado / e suas peles serão pálidas / no lugar do belo jardim, um pântano de gárgulas / os vitrais sujos dos cocôs dos pombos / ele encontrará uma Scarlett com trajes de enfermeira / de quando ela cuidou dos soldados vindos da guerra / a encontrará alimentando-se parcamente / de membros amputados: ela jurou / não passar fome outra vez", composição que nos faz pensar em Manuel Bandeira ou Oswald de Andrade, pelo recorte *ready made* de personagens do cinema norte-americano, inseridos em outra paisagem e roteiro. Em outra peça, de concisão modernista, Priscila Merizzio dispara: "Nas montanhas de seu peito sua clavícula me ama num romantismo alemão", conjugando amor e humor, conforme a melhor tradição oswaldiana

– presente também na sequência de poemas-pílula, que antecedem as composições em prosa poética, no final do volume. A reflexão existencial, um dos motivos condutores desta coleção de poemas, não escorrega na facilidade do discurso sentimental, mas comparece em pleno vigor semântico e fanopaico, como nesta peça: "Quero destituir o medo / esqueço que ele é uma farinha / ladeando as artérias / borrando os olhos, criando / sombras e pontos-cegos / está na água que bebo / no chilrear das aves de domingo / está intrínseco em tudo / exceto nas florestas. / o medo tem medo das florestas / pois nas copas das árvores / está a mão de Deus". A expressão subjetiva entra em cena usando todos os recursos a que tem direito, numa luxúria por vezes quase barroca: "é a língua do tigre que vai ao encontro da pata / é a língua da tigresa que limpa a cria recém-nascida / e a própria vulva"; "a morte é suja; não a esqueço / nossos corpos se decompõem velozes / mas fora daqui sou outra mulher, distinta / desta figura tétrica, abraçada a mortalhas / tiro e me retiro de labirintos / fulgurante". A presença do feminino é constante nessa lírica de múltiplas camadas temáticas e formais; a mãe, a amante, a louca, a bruxa, a lasciva, todas as faces reluzentes de Lilith despem-se em pequenas joias verbais, surpreendendo o leitor ao andar "nua debaixo do vestido / respirando debaixo das saias, pois de sua intimidade saiu outra vida / e a bexiga próxima do útero já não faz mais sentido / o estômago ardente já não faz mais sentido / só seu coração de mendiga comido pela lepra materna". Em outra peça, de dicção menos expressionista e mais conversacional, Priscila Merizzio escreve: "O professor de italiano te projetou musa / você recusou. Pois, as musas são xícaras bonitas que perdem a utilidade com o tempo / em vez da língua dos amantes, fugiu sobre as águas / sua mãe morreu nas águas. Ela deu pedras / aos pássaros. Pesos mortos, colocou-os nos / bolsos e mergulhou batendo as *barbatanasas* / Junie, você só quer ser marítima / os homens que te amam sentem ciúme de suas tragédias de sua auréola triste: / elas te dão o aval de toda grande poeta / as panteras são mais raras do que os anjos". Haveria muito mais o que dizer dessa singular construção labiríntica de versos, como a presença constante de animais, as referências mágicas, mitológicas, a subversão da anatomia, suplantada pelas formas teratológicas, mas essas são apenas algumas das pistas que deixarei para que você, leitor, persiga em sua aventura no labirinto poético de Priscila Merizzio. Perca-se nas galerias dessas páginas e encontre novos e desafiadores enigmas.

Claudio Daniel / julho de 2019

Impresso em papel pólen 90g/m^2
Tipografia Cambria 12/15, na primavera de 2019.